AF586774

PROLOGUE
SUR
LA NAISSANCE
DE MONSEIGNEUR
LE DUC DE BOURGOGNE,

DÉDIÉ

A Messieurs les Officiers du Régiment d'Infanterie du Roi.

BIBLIOTHEQUE ROY

A NANCY,
Chez LESEURE, Imprimeur ordinaire du Roi.

M. DCC. XLII.

AVEC PERMISSION.

[illegible]

AVIS
AU LECTEUR.

CET Ouvrage va paroître ſans doute bien ſuranné : cependant il n'y en eut peut-être jamais qui ait été fait avec tant de précipitation. Le premier mouvement de joie que me cauſa la naiſſance du Prince, fit naître tout-à-coup dans mon cœur un de ces enthouſiaſmes auxquels on ne réſiſte pas. Je voulus contribuer de ma part à l'ornement des Fêtes qui devoient célébrer un événement auſſi heureux : je bâtis ſur le champ le canevas d'un Spectacle ; le Prologue que je donne ici, fut fait en moins de vingt-quatre heures ; il devoit être ſuivi d'une Comédie héroïque, qui fut achevée en quatre jours. Je ne cite pas cette fécondité, pour m'en prévaloir : je ſais qu'il vaut mieux faire à la longue & difficilement des choſes excellentes, que d'en faire en peu de tems & ſans peine de médiocres. Enfin, la ſituation des lieux, ou d'autres circonſtances, en empêcherent la repréſentation. Depuis je deſtinai la Partie qui regardoit le Roi, à cet Illuſtre Corps qui a ſi bien partagé la gloire de ce Monarque. J'ai craint long-tems de me faire imprimer: l'heure de la tentation eſt arrivée; elle l'emporte: il eſt vrai qu'au point où ma ſanté eſt réduite, & au cas qu'elle rompe les chaînes de zéle qui m'attachoient à ces Meſſieurs, je ſuis bien-aiſe de leur laiſſer un monument de l'idée que je me ſuis faite d'eux: il ſera, quoi qu'il arrive, ou mon Teſtament, ou mes Adieux.

A MONSIEUR
LE COMTE DE GUERCHY,

Lieutenant Général des Armées du Roi, Colonel-Lieutenant & Inſpecteur de ſon Régiment d'Infanterie, & Gouverneur d'Huningue, &c.

MONSIEUR,

LES éloges que peut mériter un Corps, rejailliſſent principalement ſur ſon Chef, quand il eſt véritablement digne de l'être. Ce que je dis du Corps illuſtre que vous commandez, vous regarde d'une maniere plus particuliere; je n'ai cependant pas crû devoir traiter cela en détail: je ne paſſe pas, à l'égard de tous, de l'admiration à la loüange, parce que je ſais qu'elle déplaît pour l'ordinaire à ceux qui la méritent le mieux. J'aurois pû vous en offrir, MONSIEUR, une bien ſincere, & d'une bouche que la baſſe adulation ne profanera jamais; mais quelle impreſſion feroit un hommage indifférent, que rien, de ma part, ne peut rendre conſidérable? Je ne ſuis pas aſſez éclairé, pour ne pas

peu

voir, MONSIEUR, combien votre protection me paroîtroit avantageuse : j'avouë cependant qu'un autre desir me toucheroit davantage ; c'est celui de la mériter à vos yeux. Je vous l'ai déja dit, les hommes tels que vous doivent servir de Pere aux malheureux : bien plus, j'ose me flatter, MONSIEUR, que vous m'en tiendriez lieu, si j'étois à portée de me faire mieux connoître. On voit quelquefois un tendre arbrisseau arraché & jetté hors de la Pepiniere, que les ardeurs du Soleil ou les frimats dessécheroient bientôt ; mais qu'un Jardinier compâtissant transplante dans une terre féconde. Quand le tems de porter du fruit arrive, si l'arbre ingrat n'en porte point, l'économe en est quitte pour l'abandonner, & mettre un rejetton d'un meilleur plan dans la place qu'il occupe. Un de vos regards tourné sur moi, seroit bien puissant pour ranimer ma foiblesse. Daignez, MONSIEUR, en jetter quelqu'uns sur le petit Ouvrage que je vous présente : il est rempli d'imperfections ; mais peut-être y trouverez-vous quelque feu : c'est plutôt l'ouvrage d'un serviteur zélé, que d'un Poëte ; cependant que la prévention contre l'Auteur, ne vous empêche pas d'y lire quelques traits singuliers sur la gloire de notre auguste Monarque. Tout ce qu'on peut essayer sur ce sujet, vous intéresse nécessairement : cette assûrance m'enhardit à vous demander quelques momens pour cet essai, qui, du moins par l'intention que j'ai euë en le faisant, ne vous est pas une chose tout-à-fait étrangere.

JE suis avec un profond respect,

MONSIEUR, &c.

ÉPITRE
A MESSIEURS
LES OFFICIERS
DU
RÉGIMENT D'INFANTERIE
DU ROI.

MESSIEURS,

EN vous présentant cet Ouvrage, je vous rends une chose qui vous appartient bien naturellement; c'est l'Enfant d'un beau feu, que l'honneur d'être sous vos Drapeaux pourroit seul animer assez, pour délier une langue glacée, que mille malheurs sembloient condamner à un silence éternel. Le champ de la Poësie, & sur-tout celui que j'ai choisi, est le théâtre de la flatterie & de l'exagération; mais ici je n'ai pas eû besoin de son privilége: &, au contraire, il y a cela de merveilleux dans notre auguſte Monarque, que ce qui paroîtroit d'abord à quelques-uns une fiction poëtique, ſe trouve, en l'examinant de près, encore au-deſſous de la vérité. En effet, qu'on jette les yeux ſur cette foule d'événemens qui l'ont élevé tout d'un coup au-deſſus des Héros de ſa race; quel pinceau entreprendroit de les retracer tous? Quel ſpectacle ouvre le tableaux de tant de merveilles? Une troupe de ſes Guerriers allant porter la terreur de ſon nom chez des peuples, que tant de climats ſembloient mettre à couvert de leurs courages guerriers (*a*), immortaliſés par leurs exploits, & plus fameux encore par leurs diſgraces, apanages inſéparables de l'humanité: vainqueurs de la faim, des ſaiſons, & preſque de la nature entiere, ils tirent de ces obſtacles, en apparence inſurmontables, une gloire qui rendra croyables des faits célébres de l'antiquité, qu'on traitoit de fabuleux. Bien-tôt ce Roi devenu partie, malgré lui, dans la cauſe commune, l'ame & le compagnon de la gloire des ſiens, trace une cercle fatal qui renferme toutes ſes Provinces, dans l'enceinte duquel régneront ſans trouble la paix & la tranquillité. De là il s'élance comme un éclair dans les champs ennemis, où ſes pas, pour ainſi dire, ſont marqués par autant de triomphes; entraînant tout devant lui, comme un torrent dont rien ne peut arrêter la courſe rapide: la Renommée marquant au rang de ſes conquêtes, des noms que l'éloignement nous rendoit preſque inconnus; des vaſtes Etats devenus en peu de tems partie de ſes Provinces; ces Forteresses redoutables tombant ſous ſes coups en preſque auſſi peu de jours, qu'elles avoient arrêté d'années les Héros (*b*)

(*a*) Les Campagnes de Prague.

(*b*) Oſtende pris en neuf jours, que le Général Spinola aſſiégea par mer & par terre, avec une armée de cent mille hommes, pendant trois ans, trois mois, trois ſemaines & trois jours.

des

des siécles derniers ; des ennemis forcés, que leur nombre, leur valeur & leur situation sembloient rendre (c) invincibles ; par-là, la carriére ouverte à des exploits inoüis, & le chemin frayé vers cette Citadelle superbe (d), qui l'a le premier reconnu pour son vainqueur : enfin, la victoire constante à le suivre, & ce Roi fidéle à ne s'en servir que pour ramener le régne de la Paix : toujours bienfaisant, même dans le tems qu'il se fait craindre davantage ; en armant notre Mars du plus redoutable tonnerre, il diminuoit le carnage qu'il a accoûtumé de répandre dans les champs ennemis ; il le rendoit moins cruel, en le rendant plus terrible ; & leurs ramparts foudroyés, & leurs tours réduites en cendres, étoient souvent l'effet de son attention à ménager leur sang. N'oublions pas, MESSIEURS ; ce qu'on lui opposoit de résistance : il est commun de vaincre des ennemis ordinaires ; mais, à mon gré, le plus beau sujet de sa gloire, doit se prendre dans la valeur des ennemis qu'il combattoit. Vous le savez, MESSIEURS, à quels hommes vous avez eû à faire : vous avez sur-tout éprouvé quelle est cette Héroïne à jamais illustre, à laquelle tout autre que son Vainqueur n'auroit pû résister. Je ne suivrai pas ce Héros dans tous ses exploits militaires : je l'ai déja dit, l'étenduë du champ m'effraie ; je m'arrête à le considérer dans un point de vuë qui me touche davantage ; c'est sa modération dans le sein d'une si grande prospérité. Les projets des Princes sont difficiles à démêler ; il n'en faut pas juger par les prétextes spécieux, que ne manque jamais de leur donner la politique captieuse : l'ambitieux vante sa modération, comme l'équitable Souverain ; mais on ne peut connoître leurs desseins, que par l'usage qu'ils font de la

(c) La Bataille de Laufeld.

(d) Bergopsom.

victoire. C'eſt dans cette circonſtance que je crois voir notre Monarque s'élever véritablement au-deſſus du commun des Rois : arbitre de ſes ennemis par la force, il met ſes ſuccès à l'écart, dès qu'ils parlent de la tranquillité publique : il traite avec eux à intérêts égaux, il céde généreuſement des conquêtes auſſi brillantes, ſi capables, non ſeulement de flatter, mais même de faire naître l'ambition ; & ne voulant d'autre fruit de ſes travaux pénibles, que le calme de la plus belle partie de l'Univers ; il poſe les armes de ſang froid, dans le tems qu'il peut entreprendre davantage. Je n'irai pas m'engager, MESSIEURS, à parcourir les effets de ſes vertus pacifiques ; des monumens qui étoient réſervés à ſon cœur bienfaiſant, lui garantiront un rang nouveau dans la poſtérité la plus reculée : il a mérité pour nous tous ce préſent du Ciel, qui fixoit tous les vœux de la France allarmée, cet auguſte Enfant, la joie de ſa Nation, & comme le ſceau des miſéricordes verſées ſur la France Chrétienne ; l'eſpoir de la gloire des Bourbons, & la conſolation d'un illuſtre Ayeul (*e*), qui méritoit d'en recevoir la nouvelle ſous cette Croix (*f*), au pied de laquelle il l'avoit demandé ſi ſouvent, pour le bonheur de nos Peuples & le ſoûtien de la Chrétienneté. Vous vous appercevez ſans doute, MESSIEURS, qu'après vous avoir annoncé une Dédicace, & par conſéquent des loüanges, je n'ai encore parlé que du Roi ; mais mon deſſein eſt déja véritablement rempli : ſon éloge n'eſt-il pas le vôtre ? Quel de ſes lauriers n'avez-vous pas partagé avec lui ? & les plus éclatans qu'il a cueillis, ne ſont-ils pas preſque votre ſeul ouvrage ? Oüi, MESSIEURS, ſa gloire vous eſt com-

(*e*) Le Roi de Pologne.

(*f*) La Croix du Calvaire de la Malgrange, auprès de laquelle le Roi aſſiſtoit à une pieuſe cérémonie, le jour qu'il reçut cette nouvelle.

mune ; on participe à la ſienne , en entrant dans votre Corps ; elle y eſt devenuë héréditaire ; & vous , à qui l'âge n'a pas permis de le ſuivre dans ſes victoires, ne croyez pas d'en avoir tout-à-fait perdu votre part : ce qu'on peut attendre de vous, compenſe en quelque façon les exploits de ceux qui vous ont précédé dans la carriére : vous les imiterez à votre tour ; vous êtes devenus les membres d'un Corps robuſte & ſain, dont la langueur ou la corruption n'altérent jamais aucune des parties. On vous verra bien-tôt comme de jeunes Aiglons , qui vont, au ſortir de leur aire, répandre la terreur parmi les habitans de l'air ; ou tels que cet Oiſeau de Jupiter, toujours prêts à porter ſes foudres vengeurs aux extrêmités de la terre. Source féconde, d'où tant de ruiſſeaux vont répandre au loin ſes eaux ſalutaires, la ſcience des exercices militaire, & l'invincible valeur , & animer tant de Corps illuſtres. Quel avantage pour notre auguſte Maître ! Quelle gloire pour vous, MESSIEURS ! Ce Prince, le Souverain & l'ame de ce Corps de tant d'illuſtres Guerriers, que l'honneur attache à ſon ſervice, vous avez celui de le conter ſpécialement entre les membres du vôtre : il veut bien être votre compagnon d'armes ; il eſt ſur-tout votre Pere, autant que votre Roi : ſa vigilance paternelle vous ménage les ſoins qu'on emploie à former les Enfans des Demi-Dieux : des mains ſavantes & choiſies y cultivent vos jeunes années : on vous fait un jeu familier de l'adreſſe des Athlétes Guerriers ; on vous apprend à réduire en un calcul ſûr, les opérations les plus difficiles & les plus incertaines : cela vous met dans la route des Savans, plus néceſſaire qu'on ne croit pour perfectionner les vertus militaires. Vos mains ſavent tracer de bonne heure ces enceintes formidables, aziles ſacrés de nos concitoyens, & l'écuëil des ennemis du nom François ; on vous rend même familiéres des Langues, dont l'ignorance a retardé trop souvent le progrès de nos armes ; & par un soin vraiment paternel, on vous fait de toutes ces études, une heureuse nécessité. Jeunes plantes d'une riche espéce, transplantées d'un bercail précieux dans une terre plus excellente : des familles illustres vous donnent des hommes, je veux dire, des hommes choisis, vous les leur rendez dans la route des Héros ; & , ce qui est plus heureux, vous leur aidez à acquérir beaucoup de parties des grands hommes. Que de sujets d'admiration pour moi ! mais que de murmures trop bien fondés contre la fortune marâtre, qui m'éloigne de tant de biens ! Je ne serois pas indigne d'avoir part a cette gloire, si, pour la mériter, il ne falloit qu'en sentir tout le prix ; & sous le poids accablant d'une destinée barbare, je ne me croirois pas malheureux, si je gagnois votre estime, & si vous ne me jugiez exclus d'un sort si beau, que par la cruauté du mien. Au reste, ne vous étonnez pas de ce peu d'audace. Je veux bien que vous le sachiez tous, Messieurs ; je ne suis pas un homme acheté à prix d'argent ; l'étourderie, ni un lâche intérêt ne m'ont point amené chez vous. Dans une de ces situations où l'on prend un parti violent, j'ai penché vers le zéle qui m'avoit animé toute la vie, quelque humiliant que fût le dégré dans lequel je me plaçois : j'avouë que peu fait à ce détail, je n'en prévoyois pas toutes les nécessités rebuttantes. Je cherchois un azile dans le Corps le plus généreux que la France pût m'offrir ; je ne croyois pas entrer dans un dur esclavage ; mais encore plus accablé du poids des régles qu'a fait naître la nécessité d'imposer un frein à une foule indocile & grossiere, confondu avec le dernier d'entre eux, je serai toujours à mes yeux le même. L'humiliation n'ira jamais jusqu'à mon cœur ; il est toujours indépendant, ce n'est qu'en lui que mon obéïssance prend son principe. Avec ces sentimens ; un Soldat de LOUIS ose vous adresser la voix, MESSIEURS, s'élever même jusqu'à son Maître, & mêler quelques fleurs aux lauriers dont vous avez ceint son front. Quand je dis des fleurs, ne vous attendez pas, MESSIEURS, à en trouver ici ; elles me sont devenuës trop étrangéres, elles ne peuvent éclore sous les pas d'un malheureux. Peut-être aurois-je sû autrefois en rassembler quelqu'une, tandis que j'étois vivant, & quelquefois admis aux jeux de la jeune Galathée, de l'adorable Climene, & de l'aimable Temire. On passe facilement de la Cour des graces, dans celle d'Apollon ; & des Bosquets enchantés d'Idalie, on trouve sans peine la route du double Vallon : mais ce tems n'est plus qu'un songe pour moi, qui échappe à mon imagination comme une vapeur légére : j'ai été transformé en une ombre mouvante, qui flotte dans un cahos d'anéantissement ; mes esprits, s'il m'en reste, s'égarent malgré moi sur les rives du Flégeton, ou dans les marais fangeux du noir Cocyte : c'est le séjour des ombres ; mais il n'est point d'agrement à prendre sur ces funestes bords, la nature même y expire, & n'y produit ni verdure ni fleurs : n'en cherchez donc pas, MESSIEURS, dans cet Ouvrage ; vous y trouverez peut-être quelques étincelles de feu, une admiration sincére, & un amour égal pour la gloire de mon Prince & pour la vôtre : ces traits n'échapperont pas aux bons yeux, je ne cherche que leurs suffrages ; & il n'en est point parmi vous, avec qui je risque de perdre le peu d'honneur qui peut me revenir de mon travail. Recevez-le, MESSIEURS, comme un hommage sincere de mon zéle, & comme un gage du profond respect avec lequel je serai toute ma vie,

MESSIEURS, &c.

Noms des Perſonnages.

MERCURE.

LA PAIX.

MELPOMENE.

LA DISCORDE.

PHYLÉMON.

ARCAS.

DAPHNIS.

CLIMENE.

Démons, ſuivans de la Diſcorde.

Chœurs de Bergers & de Bergeres.

La Scéne eſt dans le Temple de la Paix.

PROLOGUE
SUR
LA NAISSANCE
DE MONSEIGNEUR
LE DUC DE BOURGOGNE.

SCENE PREMIERE.

PHYLE'MON, ARCAS, CLIMENE.

Le Théâtre repréſente un lieu champêtre, au fond duquel on voit le Temple de la Paix encore fermé.

PHYLE'MON.

QUEL ſujet ici vous amene,
Le plus ſage de nos Bergers ?
Qu'y cherche la jeune Climene ?

ARCAS.

Des plus beaux fruits de mes Vergers,
Phylémon, vous voyez les prémices ;

Je viens les offrir à la Paix :
Comme ils croissent sous ses auspices,
Je les cueïllis sous ses bienfaits.

CLIMENE.

Je lui porte cette Couronne,
Je garde l'autre à mon Berger :
Tant que la cruelle Bellone
A tenu ses jours en danger,
Rien ne pouvoit sécher mes larmes ;
Nos Bois ne m'offroient plus de charmes.
J'avois, avant ce cruel jour,
Ignoré jusqu'au nom d'amour ;
Je le connus par mes allarmes
Et la joie de son retour.
Il va se montrer à vos yeux ;
C'est, sans mentir, le plus beau du Village ;
Du tendre neud qui nous engage
L'Hymen, bien-tôt, doit couronner les feux.
C'est la Paix qui nous rend heureux,
Nous venons lui en rendre hommage.

PHYLEMON.

Bergers, même dessein nous rassemble en ces lieux,
J'y venois m'acquitter d'un devoir religieux,
Et, comme vous, plein de reconnoissance
Rendre graces des biens que sa main nous dispense.
Sous ses Loix, les savantes Sœurs,
Pour leurs Couronnes immortelles,
Peuvent cueïllir, sans trouble, mille fleurs,
Et lui consacrer les plus belles :

Admis

Admis à leurs doctes travaux,
J'interromps quelquefois mes veilles,
Pour célébrer l'heureux repos
Qui fait éclore ces merveilles.

ARCAS.

Sans craindre l'avide étranger,
Le Belge altier, & le fier Insulaire,
Ni le Talpache sanguinaire,
Chacun moissonne sans danger
Le champ qu'ils venoient ravager.

CLIMENE.

Des plaisirs que la Paix entraîne
Je vais goûter les plus charmans:
Au plus fidéle des amans
Liée d'une étroite chaîne,
Que nous aurons de doux momens!
Alors le cruel Dieu des armes,
Pour renouveller mes allarmes,
Ne viendra plus l'arracher de mes bras,
Et le ramener aux combats
Qui m'ont fait verser tant de larmes.

PHYLEMON.

Pussiez-vous, Bergere, à jamais
Joüir d'un sort si plein d'attraits!
Quand on reçoit le prix de sa constance,
Et qu'on sent le bonheur.......
Mais un Berger s'avance........

CLIMENE.

C'eſt Daphnis . . . . . qu'il tardoit à mon impatience! . . . .
Juſte Ciel! . . . . d'où vient donc ſa douleur ?

SCENE II.

PHYLEMON, ARCAS, DAPHNIS, CLIMENE.

DAPHNIS.

Du prodige le plus effroyable,
Il va vous paroître incroyable,
J'en ſuis encore épouvanté. . . . . .
Du fond de l'antre redouté,
Dont l'ouverture épouvantable
Exhale un ſouffre empeſté,
Vient de ſortir une voix redoutable,
Dont l'air eſt au loin agité :
La terre y répond à l'inſtant,
Sous nos pas elle eſt chancellante ;
Du ſein de la forêt tremblante
Sort un pareil mugiſſement ;
De mille feux etincellans
La nature paroît embraſée,
Et la lumiére dérobée
Ne reparoît qu'en éclairs dévorans.

PHYLEMON.

C'eſt dans ce gouffre plein d'horreurs
Que la diſcorde impitoyable

Gémit ſous la main ſecourable,
Qui déſarma ſes dernieres fureurs;
Voudroit-elle briſer ſes chaînes ?

ARCAS.

Vient-elle déſoler nos plaines ?

DAPHNIS *à Climene.*

Prêts de voir nos feux couronnés,
Serions-nous encore condamnés
A verſer de nouvelles larmes ?

PHYLEMON.

Le Temple de la Paix va s'ouvrir,
Confions-lui nos communes allarmes,
Elle ſaura peut-être les guérir.

SCENE III.

LA PAIX, PHYLEMON, ARCAS, DAPHNIS, CLIMENE.

„ Le fond du Théâtre s'étant ouvert, laisse voir en entier le Temple
„ de la Paix. La Déesse y paroît sur un Trône orné des choses les
„ plus précieuses, dont elle fait joüir les mortels. On y voit dans
„ une de ses mains la Corne d'abondance, de laquelle sortent
„ des fruits divers. Sous ses pieds sont des Canons aux devises
„ du Roi, pour marquer que le Tonnerre de ce Monarque est
„ l'appui du régne de la Paix ; & sur ces Canons on voit des
„ essaims d'Amours qui joüent avec des guirlandes de fleurs. Au-
„ dessous paroît la Discorde chargée de grosses chaînes. Les Acteurs
„ de la Scéne précédente, après s'être inclinés religieusement de-
„ vant la Divinité, vont porter leurs présens sur un Autel qui est
„ au bas de son Trône. Arcas offre une Corbeille de différens
„ fruits, Climene une Couronne de fleurs, & Phylémon une
„ Lyre couronnée de lauriers.

PHYLEMON.

SOUVERAINE de ces beaux lieux,
Charmante Paix, Divinité propice,
Tes sujets seuls sont heureux ;
Reçois ce tendre sacrifice,
Et daigne exaucer tous nos vœux.
Depuis qu'elles sont tes aziles,
On voit nos campagnes fertiles
Enfanter tour à tour mille dons précieux :
Nos prés te doivent leur verdure,
Et ta main donne leur parure
A nos Jardins délicieux.

Puiſſes-tu, Déïté bienfaiſante,
Recevoir toujours notre encens.
Les autres Dieux à leurs préſens
Mêlent la foudre menaçante ;
Les tiens ſeuls ne ſont point changeans,
Et ſous ton régne débonnaire
Jamais aucun trouble n'altére
Les doux bienfaits que tu répands.
Hélas ! nous eſpérions que ta fiére ennemie
Du monde pour jamais alloit être bannie !
Elle oſe cependant ménacer ces climats,
Déeſſe, ne nous abandonnes pas.

LA PAIX.

D'où vient une frayeur ſi vaine ?
Et que peut contre vous ſa haine ?

PHYLEMON.

Du prodige le plus effrayant
Tu vois nos ames étonnées :
Nos campagnes déja brûlées, ...
Du fond de ſes priſons briſées
La flamme ſort comme un torrent.

LA PAIX.

C'eſt le dernier effort d'un ennemi mourant ;
Pourriez-vous craindre ſa puiſſance,
Tant que le Maître de la France
La tient captive dans ſes fers ?
Envain tant de peuples divers
S'étoient armés pour ſa défenſe,

Animé d'une juste vengeance
Son bras, devant tout l'Univers,
Fit éclater leur impuissance.
Ce Roi chéri des immortels
A tous les Rois devroit servir d'exemple,
Toujours dans son cœur j'eus un Temple,
Tous ses Etats sont mes Autels.
Avez-vous perdu la mémoire
De ces jours, pour lui pleins de gloire,
Quand le Mars exterminateur,
Suivi de carnage & d'horreur,
Répandoit son cruel ravage
De la source du Tybre au Belgique rivage?
Tranquille à l'ombre de ses lys,
Je régnois dans le sein de LOÜIS,
J'y voyois naître l'abondance;
La timide pudeur & la foible innocence
Y trouvoient leur appui;
Et jamais d'un cruel ennemi
Nous n'éprouvâmes la violence.
Oüi, de la main qui lançoit le tonnerre,
Dont il épouvantoit la terre,
D'une baguette de lauriers
Il avoit décrit les limites,
Qu'il posa pour bornes prescrites
A la marche des fiers guerriers;
Et tel qu'il auroit pû le faire,
Armé de la verge des Dieux,
Marqué la fatale barriere,
Que jamais, d'un pas téméraire,
Ne pût franchir le plus audacieux.
Pendant que, loin de nous, il livroit les batailles,

Et terrassoit les superbes mortels,
Dans l'enceinte de ses murailles
L'encens fumoit sur mes Autels:
Les jeux, plus d'une fois, auroient orné la Fête,
Si, parmi nos plus doux transports,
Nous n'avions tremblé pour sa tête
Qui m'assûroit l'azile de ces bords;
Oüi, sans ce qu'on craignoit pour sa tête sacrée,
Tandis que les deux tiers de l'Europe embrasée
Séchoit dans les soupirs,
La Nymphe de la Seine enchantée
Eût vû fleurir le régne des plaisirs.
Celui qui fit tant de miracles,
Qui sût détruire tant d'obstacles,
N'est-il pas le même aujourd'hui?
Il vit les Ligues étouffées,
Et les Puissances conjurées
Poser les armes devant lui:
N'est-il pas toujours notre appui?
Regardez à mes pieds l'instrument de sa foudre
Vous reprocher cette timidité;
Il réduiroit bien-tôt en poudre
Quiconque attenteroit à ma tranquillité;
En reposant il fait ma sûreté.

PHYLEMON.

Il doit faire notre assûrance,
Qui, mieux que nous, reconnut sa puissance?
Il peut encore faire la Loi
A l'ennemi qui cause notre effroi.

Quelqu'effort que ce monſtre faſſe,
Mépriſez ſa vaine ménace.
Lorſque les ſuperbes Titans,
Race féroce de Géans,
Au puiſſant Maître du tonnerre
Oſerent déclarer la guerre,
Bien-tôt de ſes coups foudroyans
Dans les entrailles de la terre
Il les enſevelit vivans:
Il chargea leurs têtes affreuſes
De ces montagnes orguëilleuſes,
Qu'entaſſoit leur bras audacieux,
Pour s'élever juſques aux Cieux.
De là leurs fureurs redoublées,
Par leurs bouches empoiſonnées,
Vomiſſent les ſouffres ardens
Et les torrens de roches embraſées;
Prodiges vains, mais ſurprenans.
En châtiant leur rage impie,
Ce Dieu pourroit trancher leur vie,
S'il n'eût permis ces efforts impuiſſans,
Moins pour laiſſer leur audace impunie,
Que perpétuer leurs tourmens:
Tels ſont ceux de votre ennemie,
Bien-tôt par une main ennemie,
Les deſtins...... mais quel bruit?..... qu'entends-je, juſtes Dieux!
Se peut-il? .... Quel objet ſe préſente à mes yeux?

SCENE

SCENE IV.

LA PAIX, LA DISCORDE, PHYLEMON, ARCAS, DAPHNIS, CLIMENE.

„ Un bruit de guerre effroyable précéde l'arrivée de la Discorde ;
„ elle se présente devant le Temple de la Paix d'un air ménaçant,
„ & fait plusieurs efforts pour s'élancer sur son Trône, mais inu-
„ tilement, comme si elle en étoit empêchée par une Puissance
„ invisible.

LA DISCORDE.

ME voici, Rivalle orguëilleuse,
Perds le fol espoir qui t'abuse ;
Mes indignes fers sont brisés
Viens voir tes Temples saccagés.
Et vous, empressés à me plaire,
Démons, pour servir ma colére,
Sur mes pas hâtez-vous de voler ;
Venez, courons tout désoler.

Quatre Démons accourent à la voix de la Discorde, portant dans leurs mains des torches ardentes & des serpens. Ils exécutent une Danse infernale, pour exprimer la joie qu'ils ont de revoir la noire Divinité.

LA PAIX.

Hélas ! votre récit n'étoit que trop sincére ! .....
Quel est l'excès de ma misére ! ....
Mais pourquoi si-tôt me troubler ? ....
Sors (*à la Discorde*) d'ici, monstre téméraire ;
C'est à toi seule de trembler.

LA DISCORDE.

Je ſaurai réprimer ce ſuperbe langage.

LA PAIX.

Quoi ! le Héros dont le courage
Me défendit ſi vaillamment,
Dans ce redoutable moment
M'abandonne-t'il à ſa rage ? . . . . .
Mais je l'appelle vainement ! . . . . .
Que devenez-vous donc, Oracle ſéduiſant
Qui diſiez que bien-tôt la Déeſſe barbare,
Par la main d'un Enfant des amours,
Seroit plongée pour toujours
Dans les abîmes du Tenare ?

PHYLEMON

Voyant Mercure qui deſcend des Cieux.

Déeſſe, il n'eſt pas tems de nous décourager,
Et le Ciel veut nous protéger.

SCENE V.

MERCURE, LA PAIX, LA DISCORDE, PHYLEMON, ARCAS, DAPHNIS, CLIMENE.

LA PAIX.

MERCURE, venez-vous diſſiper nos allarmes?

MERCURE.

Fille du Ciel, ſéche tes larmes,
Tu n'as déja plus d'ennemis,
Autour d'un Dieu naiſſant ils ſont tous réünis:
Pour prendre ta querelle,
Un nouveau Défenſeur
De ton illuſtre Protecteur
Reçoit le courage & le zéle.
Et toi, Fille du noir cahos,
Vois ce Héros couvert de gloire,
Que toujours ſuivit la victoire,
Du ſein même de ſon repos,
Effacer juſqu'à la mémoire
De tes homicides complots.
Le bras chargé de ſa vengeance
Ne te laiſſe plus d'eſpérance:
Tu vas ſentir le poids de ſon courroux,
Sans tomber même ſous ſes coups,
Tu viens au-devant du ſupplice
Que te prépare ſa juſtice.

LA PAIX.

Ce Roi de sa grandeur jaloux
Viendra donc à mes pieds l'abattre ?

MERCURE.

Non, pour te faire un sort si doux,
Ce n'est pas lui qui va combattre.
Il remet son tonnerre en de plus jeunes mains,
Et ses coups n'en sont pas moins certains :
Déja (*à la Discorde*) du Lionceau je vois la main armée
(Pour te bannir de l'Univers)
Dans le sein de la terre ébranlée
T'ouvrir un passage aux enfers :
Ses Oracles t'ont condamnée
A gémir pour toujours dans les fers.
Tremble, fremis, monstre exécrable,
Voici ton vainqueur redoutable ;
Tu voudrois envain l'éviter,
Et ton sort va s'exécuter :
Le Ciel en fixa la durée
A la naissance fortunée
Du Petit-Fils du plus grand des LOÜIS :
N'espére plus de nous troubler encore,
Ce jour bienheureux vient d'éclore,
Et tes destins sont accomplis.
Fils de l'amour & de la gloire,
Il n'a besoin, pour sa victoire,
Que de déployer les attraits
Qui viennent combler nos souhaits.
Que ta rage impuissante,
Ta haine sanglante

Redoublent tes tourmens,
Ton heure fatale est venuë,
Le coup part, & créve la nuë,
C'est le dernier de tes instans :
Vois (*) ta prison s'ouvrir sous sa main foudroyante,
Tombes dans les gouffres brûlans.

„ * En disant ces deux derniers Vers, Mercure découvre le Portrait „ de Monseigneur LE DUC DE BOURGOGNE, & le présente „ à la Discorde : à cet aspect la terre est ouverte sous ses pieds par „ un coup de tonnerre, & la Déesse s'abîme sous le Théâtre dans „ des tourbillons de feu.

SCENE VI.

MERCURE, LA PAIX, PHYLEMON, ARCAS, DAPHNIS, CLIMENE.

„ Après la chûte de la Discorde, on voit descendre du Ciel un Ber- „ ceau soutenu par quatre Amours, orné avec beaucoup d'éclat, „ & surmonté d'une riche Couronne : il s'arrête à côté du Trône „ de la Paix, & Mercure va y poser le Portrait du Prince.

LA PAIX.

QUEL heureux changement !

PHYLEMON.

Oh Ciel ! qui l'eût pû croire ?

MERCURE.

Bergers, vous devez tous célébrer sa victoire ;

Pour prix d'un triomphe si doux,
LOÜIS s'en réserve la gloire,
Tout l'avantage en est pour nous.

LA PAIX.

Préparez, à l'envi, mille Fêtes,
Accordez les tendres musettes
Au son du chalumeau ;
Fût-il jamais un jour plus beau ?.....
Le Ciel s'ouvre..... c'est Melpomene.

SCENE VII.

MERCURE, LA PAIX, MELPOMENE, PHYLEMON, ARCAS, DAPHNIS, CLIMENE.

„ Melpomene descend dans un nuage, & prend place sur le Trône „ de la Paix à sa droite, de maniére que le Berceau où est le Portrait du Prince, se trouve entre ces deux Divinités.

LA PAIX.

MA Sœur, quel dessein vous amene ?
Pourriez-vous à l'éclat des Cieux
Préferer les beautés de ces lieux ?

MELPOMENE.

Je viens pour me joindre à la Fête
Qu'à l'honneur du nouvel Enfant
Auprès de ce Temple on apprête :
Si je pouvois le chanter dignement,

Jamais d'un laurier plus charmant
Je n'aurois vû ceindre ma tête !
Je lui consacre tous mes Vers,
Qu'il soit l'ame de nos Concerts ;
Qu'il régne dans vos Chansonnettes :
Réünissons pour lui mille talens divers,
Et que nos meilleures trompettes,
Du fonds de nos saintes retraites,
Fassent voler son nom au bout de l'Univers.
Le Ciel m'ouvre sa destinée,
J'y jette ma vûë étonnée :
Que je vois de faits glorieux !
Il égalera ses Ayeux.
Bien-tôt les Filles de mémoire
Pourront en embellir l'Histoire,
Qui doit à vos derniers Neveux
Du plus grand de vos Rois faire passer la gloire.
Mais, pour voir accomplir mes vœux,
Et rendre ses sujets heureux,
Des jours de ce grand Roi puisse la Renommée
Par des siécles entiers publier la durée.
Pour mieux orner cette journée,
Je vous offre des jeux nouveaux ;
Je me dépoüille des lambeaux (a)
J'écarte les torches funébres,
Et les enchantemens célébres,
Dont souvent, autour des tombeaux,
J'évoque, du sein des ténébres,
Les Parques & leurs noirs Flambeaux,

(a) Ce Vers & les suivans caractérisent le genre du Poëme, qui devoit suivre ce Prologue, lequel ne tenoit ni du ton triste & lamentable de Melpomene, ni de l'enjoüement folâtre de Thalie.

La jalousie au teint livide
Et la trahison homicide,
Ni les pâles ambitieux
N'auront point de part dans ces jeux.
J'y veux des Amantes fidelles,
Des tendres soins, des flammes mutuelles:
Et les plus volages Amans
Reviendront, aux pieds de leurs Belles,
Se montrer désormais constans.
Attendant le moment de ce Spectacle aimable,
Bergers, commencez vos concerts;
Dansez, célébrez dans vos airs
Cette Naissance favorable.

DIVERTISSEMENT.

Plusieurs Bergers & Bergeres se joignent à ceux qui étoient déja sur le Théâtre, & terminent le Prologue par des Danses entremêlées de Couplets qu'ils chantent alternativement avec les trois Divinité.

Fin du Prologue.

BIBLIOTHEQUE ROYALE
I

La blonde [illegible] avide,
Et [illegible] homicide ;
Ni des [illegible]
N'auront point de part dans cette fête,
[illegible] des Amours fidelles ;
Que de soins, de flammes mutuelles !
Et de [illegible] Amans
[illegible] aux pieds de leurs Belles
[illegible]
[illegible]
[illegible]
[illegible]
[illegible]

DIVERTISSEMENT

[illegible]

Fin du Prologue.

www.ingramcontent.com/pod-product-compliance
Lightning Source LLC
LaVergne TN
LVHW052018160826
845678LV00003B/1104

* 9 7 8 2 3 2 9 6 4 0 4 9 5 *